AMOR, PAIXÃO, AMIZADE

Relações afetivas na adolescência

APRENDENDO A COM-VIVER

MARIA HELENA PIRES MARTINS

AMOR, PAIXÃO, AMIZADE
Relações afetivas na adolescência

Ilustrações: Gilmar & Fernandes

1ª edição
São Paulo, 2007

© MARIA HELENA PIRES MARTINS, 2007

COORDENAÇÃO EDITORIAL: Lisabeth Bansi
EDIÇÃO E PREPARAÇÃO DE TEXTO: José Carlos de Castro
COORDENAÇÃO DE PRODUÇÃO GRÁFICA: André Monteiro, Maria de Lourdes Rodrigues
COORDENAÇÃO DA REVISÃO: Estevam Vieira Lédo Jr.
REVISÃO: Duna Dueto Editora
EDIÇÃO DE ARTE: Ricardo Postacchini
PROJETO GRÁFICO: Sandra B. C. Homma
ILUSTRAÇÕES DE CAPA E MIOLO: Gilmar & Fernandes
DIAGRAMAÇÃO: Camila Fiorenza Crispino
COORDENAÇÃO DE BUREAU: Américo Jesus
PRÉ-IMPRESSÃO: Helio P. de Souza Filho, Marcio Hideyuki Kamoto
COORDENAÇÃO DE PRODUÇÃO INDUSTRIAL: Wilson Aparecido Troque
IMPRESSÃO E ACABAMENTO: Log&Print Gráfica e Logística S.A.
LOTE: 753549
CODIGO: 12055486

Dados Internacionais de Catalogação na Publicação (CIP)
(Câmara Brasileira do Livro, SP, Brasil)

Martins, Maria Helena Pires
   Amor, paixão, amizade : relações afetivas na adolescência / Maria Helena Pires Martins. — São Paulo : Moderna, 2007. — (Aprendendo a com-viver)

   Bibliografia.
   ISBN 978-85-16-05548-6

   1. Adolescência 2. Afeto (Psicologia) 3. Amizade 4. Amor 5. Ensino fundamental 6. Paixões 7. Psicologia do adolescente 8. Relações interpessoais I. Título. II. Título: Relações afetivas na adolescência. III. Série.

07-4358   CDD-372.82

Índices para catálogo sistemático:
1. Adolescência : Relações afetivas : Ensino fundamental   372.82

Reprodução proibida. Art.184 do Código Penal e Lei 9.610 de 19 de fevereiro de 1998.

Todos os direitos reservados

EDITORA MODERNA LTDA.
Rua Padre Adelino, 758 - Belenzinho
São Paulo - SP - Brasil - CEP 03303-904
Vendas e Atendimento: Tel. (0_ _11) 2790-1300
Fax (0_ _11) 2790-1501
www.modernaliteratura.com.br
2022
Impresso no Brasil

Sumário

Aprendendo a conviver, 6

Afetividade: um modo de ser humano, 8

Amor em família, 12

Amigos para sempre?, 23

Que paixão é essa?, 31

Os caminhos do amor, 36

Considerações finais, 45

Bibliografia, 48

Aprendendo a conviver

Quando você era criança, deve ter ouvido histórias de bruxas e fadas. Depois, leu muita revistinha e viu filmes de mocinho e bandido, de heróis e seus inimigos. Também certos livros de estudo contavam a História a partir de mundos separados entre santos e hereges, capitalistas e comunistas. Como se as pessoas pudessem ser inteiramente boas ou inteiramente más. E mais: como se nós fôssemos os bons e a maldade estivesse sempre "do lado de lá"!

Mas agora você já deve estar percebendo que, na vida real, não é bem assim. Não nascemos sabendo o que é bom e o que é mau, nem temos tanta certeza sobre o que os adultos dizem ser o certo e o errado. Sabe por quê? Porque essa é a tarefa de cada um de nós, a tarefa de construir nossa *consciência moral* para, assim, podermos agir por nós mesmos e não guiados pelos outros, e para nos transformarmos em *cidadãos* de uma sociedade democrática. Ou seja, para podermos aprender a perceber nossos próprios desejos, ao mesmo tempo que descobrimos a importância das outras pessoas e do mundo que nos cerca. Para aprender a ser gente, usando a inteligência e o coração.

Nos livros da série **Aprendendo a Com-Viver** discutimos algumas questões sobre as quais você já deve ter parado algumas vezes para pensar. E se pensássemos juntos, agora?

Sobre este livro

Na adolescência, nossos sentimentos e emoções são sempre intensos: ora amamos certas pessoas, lugares e atividades, ora os odiamos. Mas poucas vezes refletimos sobre nossos afetos para saber suas características e sua importância no modo como nos relacionamos com as pessoas.

Dentre todos os afetos – ira, inveja, ódio, amor etc. – vamos examinar aquele que é mais importante na adolescência: o amor em suas várias formas.

Na verdade, aprendemos a amar na relação com nossos pais e irmãos. Nossas relações posteriores vão depender de como aprendemos a dar e receber afeto em casa, desde que nascemos. Depois fazemos muitos amigos pela vida afora e, um belo dia, apaixonamo-nos perdidamente por alguém. E o amor, onde fica? É igual à paixão? Amizade também é um tipo de amor? Como estabelecer as diferenças?

Convido vocês a refletir sobre a importância desses afetos e suas características para melhor compreender nossas emoções e relações com os outros.

Afetividade: um modo de ser humano

Chamamos de *afetos* os nossos sentimentos, emoções e paixões: tudo aquilo que mexe conosco de modo agradável ou desagradável. As emoções são afetos passageiros, que surgem no momento como resposta a um acontecimento; os sentimentos, ao contrário, são de mais longa duração e têm uma certa estrutura, por exemplo, a estrutura da alegria é diferente da estrutura do ódio. Já a paixão é o estado de espírito vigoroso, avassalador, cuja presença está além de nossas forças controlar. Sentimentos, emoções e paixões fazem parte da nossa vida afetiva, que nos caracteriza como seres humanos.

Para Espinosa, filósofo holandês do século XVII, os afetos podem ser tristes ou alegres. Os tristes são aqueles que diminuem nossa vontade de viver: o ódio, a tristeza, a inveja, o orgulho, o ressentimento, o medo, a ambição e a avareza. Já os afetos alegres, ao contrário, aumentam nossa capacidade de existir e de agir: o amor, a esperança, o contentamento, a segurança, a misericórdia, a glória, a gratidão e a ousadia.

O afeto une alma e corpo, pois tudo que mexe com um afeta o outro também. Os afetos nos perturbam e interferem em nosso poder de agir. Quando perdemos alguém e/ou ficamos tristes, o poder de agir parece diminuir, ficamos letárgicos, sem ânimo (alma) para fazer as ações mais corriqueiras como tomar banho, nos alimentar, ir à escola ou ao trabalho e fazer um programa social. Perdemos até a vontade de conversar com amigos. Queremos ficar sozinhos, de preferência embaixo da cama. É como se nos fechássemos para o mundo exterior e nos concentrássemos no grande esforço de continuar simplesmente vivos.

Se estamos alegres, ao contrário, a nossa força ou poder de existir e agir é multiplicada. Sentimos disposição para sair, fazer múltiplas tarefas, cuidar de nossa aparência, cuidar dos outros, viver intensamente as experiências, olhar a vida de modo positivo.

Os afetos surgem independentemente de nossa vontade: não escolhemos a quem amar ou de quem não gostar; nem o que desperta a nossa ira ou ternura; nem o que nos dá prazer ou nos magoa. Não mandamos em nossas emoções e no que sentimos, é verdade, mas isso não quer dizer que possamos agir, a partir do afeto, sem pensar racionalmente nas consequências de nossas ações. Sempre podemos escolher o que fazer a partir de nossos afetos.

A afetividade é uma parte importante do ser humano, ao lado da racionalidade e da vontade, e não deve ser nem reprimida nem negada.

Ao reprimir, ou seja, esconder de nós mesmos sentimentos, emoções, desejos e paixões estamos amputando uma parte de nossa humanidade: a nossa capacidade de amar, de ser solidários, de reconhecer a humanidade do outro, de ser tolerantes e de abraçar uma causa, de viver, enfim, impulsionados pela potência de agir e de existir. Seríamos nada mais que robôs.

Nossos sentimentos, emoções e desejos afetam toda nossa vida: desde a capacidade de aprender (não é difícil aprender a fazer algo que detestamos?) até nossa capacidade produtiva e nossa vida social. Quantas vezes empurramos para o amanhã realizar certas tarefas ou interagir com pessoas que não são agradáveis, ou seja, que despertam em nós afetos negativos?

Para o desenvolvimento das crianças e dos adolescentes são importantes dois tipos de relacionamentos afetivos: os verticais, que envolvem pais, professores, irmãos mais velhos, avós, enfim, qualquer pessoa mais velha, com maior poder social ou conhecimento, que protege e dá segurança; e os horizontais, que envolvem amigos, irmãos, primos com quem se mantêm relações igualitárias. Esses dois tipos de relacionamentos são fundamentais para o desenvolvimento de habilidades sociais efetivas.

Por isso é tão importante discutir a afetividade e saber como ela é construída na nossa cultura. Dentre todos os afetos que podemos experimentar ao longo da existência, vamos examinar um dos afetos alegres, que nos enche de vida: o amor.

Mas, como o amor tem muitas faces, escolhemos algumas para discutir neste livro: vamos destacar o amor em família, pois ela é o primeiro núcleo no qual aprendemos a desenvolver a nossa afetividade, tanto nas relações com os pais e outras pessoas responsáveis por nós quanto nas relações com os irmãos. Os laços afetivos estabelecidos com a família vão,  de certa forma, modelar todos os nossos relacionamentos posteriores. Em seguida, destacaremos a relação entre amigos – ou amizade – caracterizada pelo fato de que é uma relação eletiva, isto é, podemos escolher nossos amigos. Os dois últimos capítulos serão dedicados à paixão amorosa e ao amor propriamente dito, estabelecendo as diferenças entre esses sentimentos tão importantes na adolescência.

Amor em família

— Espera um pouco, filhotinho, mamãe já vai.
O bebê está no berço, chorando.
— O que é, meu amorzinho, o que aconteceu? Está com fome? Mamãe já vai dar de mamar.
Depois de amamentada, a criança foi colocada no berço e voltou a chorar.
— Mas o que é, filho? Ah, entendi! Mamãe já vai trocar sua fraldinha.
— Não entendo por que você tem de falar tudo no diminutivo, com essa voz de criança — disse o filho adolescente.
— Porque ele reconhece a minha voz e sabe que os cuidados de que precisa estão chegando. E esse jeito de falar é universalmente usado por mães e pais no mundo todo!

Desde antes de nascer, o bebê precisa de amor. Não basta suprir suas necessidades físicas mecanicamente. É preciso dar-lhe amor, que se traduz em ações concretas de carinho, aconchego, fala mansa, canto, olhares, todas elas indicando proximidade, atenção, disponibilidade.

Estudos indicam que ainda no útero o bebê distingue a voz feminina da masculina, reage a músicas, inclusive ao canto da mãe, reconhece as batidas do coração materno que têm o poder de acalmá-lo.

Assim que nasce, o bebê necessita de muitos cuidados para sobreviver e desenvolver todas as suas potencialidades: que o alimento lhe seja dado sempre que sentir fome; que seja mantido limpo; que suas fraldas sejam trocadas quando necessário para sua higiene e conforto; que a qualquer sinal de doença seja imediatamente socorrido; que os períodos de sono em ambiente tranquilo sejam respeitados. Esses são os cuidados físicos.

Além de tudo isso, o bebê precisa ser reconhecido e amado, precisa trocar afeto com outros seres humanos para desenvolver suas características especificamente humanas. Estudos contemporâneos fortalecem a tese de que o bebê já nasce preparado para interagir com um interlocutor humano, uma maneira de a natureza garantir sua sobrevivência. Por isso, ele se orienta para as pessoas que podem cuidar dele. A organização do seu cérebro favorece o apego precoce a quem cuida dele e esse é o vínculo mais importante para o nosso desenvolvimento. Na maior parte das vezes esse papel de cuidador é desempenhado pela mãe biológica. Mas, na falta dela, o papel será desempenhado por uma mãe adotiva, pela avó, tia, pelo pai ou qualquer outra pessoa que esteja disponível.

Vínculo afetivo é o laço emocional relativamente durável com um determinado indivíduo com quem se deseja manter proximidade e que não pode ser substituído por outro.

Como vemos, mantemos inúmeros vínculos afetivos vida afora: com pais, irmãos, alguns parentes, babá, amigos, namorados e companheiros. Entretanto, existe uma variedade de vínculo afetivo à qual damos o nome de *apego*, que se caracteriza pelo fato de que nosso sentimento de segurança está estreitamente ligado ao relacionamento: o outro é a "base segura" a partir da qual exploramos o mundo.

O relacionamento da criança com o adulto é apego, embora o do adulto com a criança não seja, pois sua segurança não depende da presença da criança.

O vínculo dos pais com a criança

É no contato frequente com a criança que se oferecem as oportunidades para que pais e bebês desenvolvam um padrão mútuo, interligado, de comportamentos afetivos.

O bebê sinaliza suas necessidades chorando ou sorrindo, com expressões de rosto e de corpo, com olhares dirigidos aos pais. Estes, por sua vez, respondem olhando para o bebê, acalmando, consolando, conversando, sorrindo, brincando. Há uma sincronia nesses comportamentos: um faz, o outro responde, provocando outra resposta do primeiro e assim por diante. É o embrião de uma comunicação muito especial que, praticada diariamente, leva a um entendimento entre os parceiros que acompanham as orientações

um do outro de maneira fácil e prazerosa. As pessoas que não têm a oportunidade de estabelecer esse tipo de interação com o bebê e ficam por algum tempo com a criança sentem-se inseguras porque não conseguem decifrar esses sinais.

Quando a criança aprende a falar, a comunicação será mais fácil, mas, mesmo assim, haverá sinais a serem interpretados, como certos comportamentos que indicam cansaço, fome, medo etc. Por exemplo, é típico das crianças recém-treinadas para o uso do penico, mas que ainda não reconhecem claramente o momento em que precisam fazer xixi, trançar as pernas ou cruzá-las apertadinho. As mães e os cuidadores atentos reconhecem esses sinais e se apressam em levar a criança ao banheiro.

Pais e mães têm modos diferentes de estabelecer vínculos afetivos com a criança, o que não quer dizer que haja maior intensidade por parte de uns do que de outros. São apenas diferentes, não se sabe se isso se dá porque culturalmente pais e mães desempenham papéis diferentes ou se em virtude de diferenças instintivas e inatas. O importante é que os vínculos afetivos sejam estabelecidos logo após o nascimento, uma vez que esses laços afetivos estabelecidos na primeira infância vão, de certa forma, modelar todos os nossos relacionamentos posteriores.

O vínculo de apego

O processo de apego é construído gradualmente.

Até os seis meses, o bebê emite sinais que levam as pessoas até ele. Dessa idade em diante, já capaz de se movimentar, seja engatinhando, seja se arrastando, a criança que busca proximidade vai até a pessoa. A toda hora confere a expressão dos pais para saber se pode se aventurar em novas situações. Se a expressão for de tranquilidade, sentir-se-á encorajada a explorar novos mundos. Se a expressão for de ansiedade ou reprovação, sentir-se-á desencorajada a testar novidades.

Por volta dos 4 anos, já com pleno domínio da fala, a criança percebe que compartilha com os pais um relacionamento que não depende totalmente da proximidade física, pois sabe que o laço afetivo continua mesmo quando estão separados. Sente-se tranquila desde que saiba onde os pais ou as pessoas que cuidam dela estão. Por isso, as manifestações explícitas de afeto diminuem nessa idade, o que é um sinal de que a criança se sente segura. É o momento, em geral, em que vai para a pré-escola sem se sentir ameaçada, entendendo que todos os dias os pais irão buscá-la para levá-la de volta para casa.

O vínculo de apego com os filhos adolescentes

Na adolescência, o cenário muda um pouco, pois o adolescente se encontra diante de duas tarefas opostas: de um lado, precisa conquistar sua autonomia, sua independência em relação a seus pais; de outro, deseja e precisa manter a relação afetiva, ou seja, o apego aos pais.

Os esforços para a conquista da autonomia, de regular o próprio comportamento e fazer suas escolhas resultam no aumento dos conflitos entre jovens e pais sobre todos os tipos de regras que regem a vida cotidiana: o modo de vestir-se, horários, saídas, namoro, obrigações a serem cumpridas em casa para facilitar o convívio familiar, modo de tratar os outros etc. etc. A lista pode ser enorme, abrangendo desde pequenos detalhes até questões de princípios e valores. Tanto jovens como pais se tornam mais impacientes uns com os outros. De um lado, os filhos testam os limites; de outro, os pais seguram as rédeas, pois têm dúvidas sobre como alargar os limites e até onde proteger os filhos, sem colocá-los em perigo. Esses conflitos e a discórdia provocada por eles não significam, entretanto, uma deterioração dos laços afetivos ou da qualidade do relacionamento entre pais e filhos, pois a relação afetiva continua existindo e a discórdia é temporária até que todos se acostumem à nova situação de diferenciação, de individualização, de maior independência e, não nos esqueçamos, de responsabilidade.

Esse período é mais difícil para os pais que para os próprios adolescentes. Os pais percebem que perdem o controle sobre o adolescente e temem por sua segurança. Reconhecem, entretanto, a sua necessidade por maior independência e, pouco a pouco, dão espaço para que o filho faça suas escolhas, participe das decisões familiares. O importante é manter tanto a base que dá segurança psicológica para o distanciamento quanto a comunicação – aberta no momento do nascimento –, para que os adolescentes possam discutir as razões de suas escolhas e prever as consequências delas. É nesse momento que se realiza a verdadeira conquista da autonomia, quando se é responsável pelo que se faz.

Irmãos: é melhor tê-los ou não tê-los?

Do mesmo modo que não escolhemos nossos pais, também não escolhemos ter irmãos. Eles nos são dados e somos obrigados a conviver com eles. Essa convivência tem lados muito bons de camaradagem, cumplicidade, companheirismo e lados não tão agradáveis de rivalidade, competição e conflito. Por isso, encontramos com frequência filhos únicos desejando ter irmãos, e filhos de famílias grandes afirmando que gostariam de não ter irmãos.

Os laços fraternos são para a vida toda, são as relações mais longas que podemos ter porque os irmãos têm idade mais próxima da nossa que nossos pais. Esses laços se desenvolvem no tempo, no convívio cotidiano, no espaço do lar.

Às vezes, porque consideramos nossos irmãos tão diferentes de nós, perguntamos: afinal, o que irmãos têm em comum?

Além de uma parte da herança genética, herdada de nossos pais, temos muitas outras coisas em comum. A primeira e mais importante delas são as *lembranças compartilhadas*, lembranças engraçadas, dramáticas, ternas da história da família. Quantas vezes dizemos: "você se lembra de...?" Irmãos guardam parte de nossa história, também. Apesar de essas lembranças serem construídas sobre uma base comum, elas

podem ser muito diferentes entre si. Diferentes tanto no conteúdo – pois os aspectos da realidade guardados na memória foram selecionados a partir da perspectiva e dos interesses de cada um dos membros da família – quanto no afeto associado a elas: por exemplo, minha irmã mais velha, quando recordamos a adolescência, época em que ela transgredia as regras familiares, acha tudo muito engraçado, como se não tivesse passado de um jogo para saber quem era mais esperto. As minhas lembranças, porém, trazem de volta a angústia e o medo de que ela fosse pega em flagrante pelos nossos pais e que ambas fôssemos castigadas.

Em segundo lugar, são igualmente importantes os *objetos compartilhados*: o berço, o carrinho, algumas roupas e brinquedos que passaram de irmão para irmão e que, muitas vezes, são ainda guardados para os netos que virão. Isso dá um sentimento de continuidade, de pertencimento ao grupo familiar.

Compartilhamos também o mesmo *espaço*: o lar familiar. Somos obrigados a dividir os espaços da vida comum como a cozinha, o banheiro, a sala, quando não, o quarto – o que é fonte de inúmeros conflitos. Para diminuir essa tensão, em muitas famílias cada filho tem o seu lugar à mesa e um espaço privativo, nem que seja uma gaveta ou uma caixa, onde cada um possa guardar os seus tesouros e os seus segredos.

A relação com irmãos é vital para o ser humano. Representa a primeira vivência de relações horizontais, entre iguais, e nos dá a oportunidade de aprender a competir, a lidar com a diferença, experimentar sentimentos de rivalidade e cumplicidade, a compartilhar o tempo dos pais, os espaços, os brinquedos. O vínculo fraterno é construído a partir da competência da família de estabelecer com cada filho uma relação específica, respeitando as diferenças que existam entre eles. Desse modo, cada um dos filhos se sente valorizado por ser quem é e tem mais facilidade em repartir o amor e a atenção dos pais com os irmãos.

A relação com os irmãos é ainda a primeira experiência de socialização, antes de convivermos com outras crianças na creche, na escola e na vizinhança. Prepara para as relações futuras de trocas, competição, cooperação e negociação. A irmandade é uma miniatura da sociedade e precisa de regras (as regras da família) para que todos possam viver corretamente juntos.

As relações afetivas com nossos irmãos vão depender do número de irmãos, da ordem de nascimento, da diferença de idade e gênero, pois todos esses fatores influenciam o comportamento de uns irmãos com os outros e de todos com os pais.

O primeiro filho, ou primogênito, em geral reage negativamente à chegada de irmãos, pois passa a ter de compartilhar o que antes era unicamente seu. Essa reação negativa traduz-se em ciúmes, rivalidade e competição pela atenção dos pais. Entretanto, com o correr do tempo, adaptações de comportamento são feitas e, muitas vezes, ele assume a proteção dos menores.

O caçula da família é mais mimado, mas sente ciúme da história da família antes de seu nascimento, que seus irmãos mais velhos e os pais compartilham. Gostaria, também, de ter a mesma independência ou regalias que os mais velhos, como poder ficar acordado até mais tarde, fazer programas com amigos ou outras pessoas da família, ganhar mesada e outras coisas.

O irmão do meio sente ciúme tanto da maturidade do mais velho quanto dos cuidados dedicados ao mais jovem. Na verdade, ele fica dividido entre dois tipos de cumplicidade que podem se transformar em rivalidade: sente-se próximo do menor e apresenta comportamentos infantis para se identificar com ele. Mas aspira ser e parecer com o irmão mais velho.

Sua vida é mais fácil que a do irmão mais velho, pois este já lutou muitas batalhas com os pais para conseguir certos privilégios próprios da sua idade, como dormir mais tarde, ter mais independência para sair com amigos, horários mais flexíveis para chegar em casa, tamanho da mesada etc. Quando chega a vez do irmão do meio ou do mais novo, a estrada já está pavimentada e os pais acostumados a dar maior liberdade aos filhos.

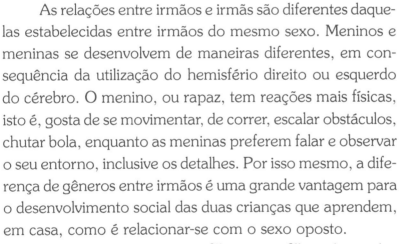

As relações entre irmãos e irmãs são diferentes daquelas estabelecidas entre irmãos do mesmo sexo. Meninos e meninas se desenvolvem de maneiras diferentes, em consequência da utilização do hemisfério direito ou esquerdo do cérebro. O menino, ou rapaz, tem reações mais físicas, isto é, gosta de se movimentar, de correr, escalar obstáculos, chutar bola, enquanto as meninas preferem falar e observar o seu entorno, inclusive os detalhes. Por isso mesmo, a diferença de gêneros entre irmãos é uma grande vantagem para o desenvolvimento social das duas crianças que aprendem, em casa, como é relacionar-se com o sexo oposto.

Se os pais tratarem as filhas e os filhos de modos muito diferentes, isso poderá ser uma eterna fonte de desavenças e revoltas de ambas as partes, seja porque elas são mimadas e protegidas, seja porque eles têm mais liberdade e autonomia.

Entre os 7 e os 14 anos, irmão e irmã têm mundos razoavelmente separados. Depois disso, entretanto, há uma tendência a conviverem de forma cordial e saudável, podendo até ter o mesmo grupo de amigos. Os irmãos mais velhos protegem as irmãs mais novas, mesmo que não sejam muito próximos. As irmãs mais velhas costumam ser mais autoritárias com os irmãos mais novos.

Diante de todas essas informações, sabemos que ter irmãos de qualquer idade é bastante conflitante. Ora sentimos frustração por não ter nossos desejos ou necessidades imediatamente atendidos, por ter de dividir espaço, objetos e, principalmente, o amor dos pais; ora somos companheiros em muitas situações, inclusive para as transgressões normais da adolescência, compartilhamos segredos, experiências comuns, somos solidários e aprendemos a negociar muitas situações.

Ter irmãos é fundamental para a construção da nossa personalidade, pois somos levados a encontrar nossa identidade, diferenciando-nos dos outros, num processo de individuação. O irmão é o outro igual com quem brigo, é o outro a quem devo levar em consideração em todas as situações, fazendo com que não possamos pensar só no nosso umbigo. Ter irmão nos permite desprendermos da relação com os pais mais facilmente para voltarmonos em direção aos nossos pares, em relações horizontais de igualdade.

Em poucas palavras, vimos, neste capítulo, como são importantes as relações de afeto dentro da família, tanto as relações com pais quanto aquelas com irmãos. O modo pelo qual vivenciamos essas relações de afeto vai marcar todas as nossas relações futuras.

Amigos para sempre?

– Stella Maria, eu preciso usar o telefone!
– Já vai, mãe. Estou numa conversa superimportante com a Rita.
– Mas já faz uma hora e meia que está pendurada nesse telefone! Deixe o resto da conversa para amanhã, na escola.
– Pôxa, mãe! Ela é minha melhor amiga e precisa de mim agora. Não dá para esperar até amanhã!

Quantas vezes ouvimos ou tivemos essa mesma conversa, com pequenas variações? Não importa em que lado da relação estávamos, se no da mãe ou no da filha. Esse mesmo diálogo vem se repetindo há muitas gerações.

Se as relações afetivas horizontais, entre aqueles que se veem como iguais em termos de poder, são muito importantes em nossa vida, desde pequenos, elas assumem uma importância ainda maior na adolescência.

A adolescência é o momento em que saímos para um mundo mais amplo, que vai além do círculo familiar. Passamos a sofrer múltiplas influências, começando pelo ambiente escolar, onde temos vários professores com formações diferentes, idéias, princípios e valores igualmente diferentes. Além da família e da escola, é nessa idade que passamos a ter mais amigos em outros espaços que já podemos frequentar sozinhos: a balada, o clube, as associações, os grupos de interesse por determinadas atividades etc. O mundo realmente se amplia, bem como a possibilidade de fazermos novas amizades.

O que é a amizade?

A amizade é a relação de afeto entre duas pessoas isoladas, responsáveis por si mesmas e iguais em termos de poder de uma sobre a outra. As condições sociais ou econômicas podem ser diferentes, mas os amigos têm de ser iguais em sua dignidade, sem que um dependa do outro, sem que qualquer das partes se sinta superior ou inferior.

A amizade é uma relação aberta, livre e tranquila. Ela não envolve sofrimento, pois nos sentimos bem em companhia de nossos amigos: eles nos aceitam como somos e buscam o nosso bem. Também não há concorrência entre os amigos. Há, sim, o reconhecimento do valor da individualidade, do nosso modo de ser único e inconfundível. E toda individualidade merece esse reconhecimento. O que não quer dizer que, por ser amigo, o outro sempre concorde conosco ou nos proteja quando agimos mal. Nada disso. Muitas vezes, é em nome da amizade que se podem fazer críticas ou apontar atitudes e comportamentos que não são coerentes com a pessoa que somos e queremos ser ou, a curto, médio ou longo prazo, são danosos a nós e à sociedade.

A amizade não tem um início definido. Em um primeiro momento, sentimos simpatia e reconhecemos ter afinidades com alguma pessoa. Aos poucos, por meio de muitos encontros, virtuais ou não, durante os quais vamos construindo uma intimidade, a amizade começa a florescer. Não podemos esquecer que escolhemos os nossos amigos, ao contrário de membros da família na qual nascemos ou fomos criados. Essa é mais uma das características da amizade: ela é eletiva.

Contudo, não basta que nós escolhamos os amigos que queremos. Eles também precisam nos escolher, isto é, a amizade é sempre uma relação recíproca entre duas pessoas. Não há como ser amigo de alguém que não é meu amigo.

A amizade é, ainda, uma relação de total confiança, do contrário não poderíamos revelar nossa intimidade: sentimentos, dúvidas, problemas, fraquezas, desejos, sonhos e tudo o mais que dividimos com nossos amigos, sem medo de ter certos segredos divulgados pelos quatro cantos do mundo, em blogs na internet.

E a amizade não é sempre igual com todos os amigos. Na verdade, há graus de amizade, ou seja, há graus de intimidade, confiança, lealdade. O melhor amigo é o mais íntimo. É aquele em quem confiamos profundamente e com quem sabemos poder contar em todas as horas, principalmente nas horas difíceis. É o nosso confidente, a quem somos leais e de quem exigimos lealdade.

Há outros amigos, entretanto, com quem dividimos alguns interesses e os assuntos sobre os quais conversamos são limitados. Eles podem ser os companheiros de determinadas práticas esportivas, de baladas ou de qualquer grupo que se reúne para atividades regulares: a banda de rock, o grupo de funk ou rap, teatro, clube do livro etc. Esses amigos trazem um crescimento pessoal e, de nossa parte, contribuímos para o fortalecimento do grupo, com objetivos comuns. Mas, muitas vezes, não nos sentimos à vontade para discutir problemas familiares ou pessoais mais íntimos.

Essa categoria de amigos, contudo, é diferente dos chamados "amigos por interesse". Com estes, as relações parecem de amizade, mas, no fundo, são superficiais, buscam somente satisfazer nossas próprias necessidades. O outro é útil: por ter um carro, uma casa na praia, influência com determinado grupo, dinheiro, posição social, por conhecer uma pessoa de quem queremos nos aproximar ou qualquer outra coisa. O que conta aqui não é o bem do outro mas o que nós ganhamos com essa relação. É evidente que não pode haver intimidade, pois não se poderá revelar a razão de ter escolhido aquele amigo. E, em algum momento, quando ficar clara a razão da aproximação, o outro se sentirá traído. Pensará: "então a amizade não era pelo que eu sou, mas só pelo que posso oferecer". Traída a confiança, virá o sofrimento. Por isso, as relações de interesse não merecem o nome de amizade.

Restam ainda os meros conhecidos. Pessoas que passam pela nossa vida, que podem ou não ser agradáveis e com quem mantemos um contato superficial. Não há necessariamente confiança nem lealdade. A relação não se aprofunda porque as partes envolvidas não a valorizam suficientemente. E é bom lembrar que não basta a vontade de uma parte para fazer amizade: é preciso que as duas pessoas estejam dispostas a trilhar esse caminho enriquecedor, de conhecimento do outro e de autoconhecimento, de abrir seu mundo interior ao outro e de receber o outro respeitando sua individualidade.

Os amigos são muitos pela vida afora. Alguns são amigos para toda a vida. Outros se perdem ao longo do tempo pelas razões mais variadas, mas, principalmente, porque passaram a percorrer caminhos diferentes, a desejar coisas muito diferentes para sua vida. Como a relação de amizade não é exclusivista, podemos ter vários amigos ao mesmo tempo, sem que nenhum seja lesado ou precise sentir ciúme de nossa relação com outras pessoas.

A amizade na infância

Entre os seis e os dez anos, a relação de amizade com iguais vai aos poucos adquirindo maior importância. O interesse por brincadeiras coletivas compartilhadas continua sendo a grande motivação para os relacionamentos. As crianças escolhem seus grupos em função de atividades comuns e não a partir de interesses intelectuais, valores ou atitudes.

Nessa fase, os grupos se organizam em torno do gênero, excluindo das brincadeiras o sexo oposto. Formam-se os famosos clubes em que não é permitida a entrada de crianças do sexo oposto.

As relações que se formam entre meninas são mais intensivas, ou seja, os grupos são menores, nos quais dificilmente alguém de fora pode entrar. Elas brincam mais dentro de casa ou nas proximidades.

Já os grupos masculinos, chamados de "extensivos", são maiores, mais flexíveis com relação à aceitação de novos membros e brincam mais ao ar livre, precisando de mais espaço externo. Os meninos também são mais competitivos do que as meninas.

Para ambos os grupos, entretanto, os amigos são muito importantes. Os estilos diferentes de relacionamentos entre os sexos parecem marcar os padrões de amizade que serão desenvolvidos em outras etapas da vida, isto é, as jovens manterão sempre pequenos grupos de amigas/confidentes, e os rapazes farão amizades menos íntimas, com maior número de pessoas.

Nessa fase, aprendemos com os amigos que as brincadeiras têm regras que precisam ser obedecidas, aprendemos a fazer tratos e cumpri-los, a ser leais, a cooperar em tarefas coletivas, a ser solidários quando um deles está triste, machucado, sofreu uma injustiça ou violência. Aprendemos, também, a negociar os vários interesses e pontos de vista. Aprendemos sobre os relacionamentos e sobre as regras que regem a nossa vida em sociedade.

A amizade na adolescência

Na adolescência, os grupos deixam de ser organizados por gênero e passam a ser mistos, incluindo rapazes e moças.

A família, mesmo aquela em que o apego é forte, deixa de ser tão importante enquanto referência de valores e comportamentos. O adolescente ensaia as asas da liberdade nos grupos de amigos. De acordo com pesquisas, ele passa 16% do seu tempo livre conversando com amigos. Daí o desespero dos pais, pois o telefone está sempre ocupado.

As amizades vão se tornando cada vez mais íntimas. Discutem sentimentos e contam segredos uns aos outros. Lealdade e fidelidade são as características mais valorizadas nas amizades.

O grupo serve de apoio para a transição entre a vida familiar, protegida, e a vida independente, autônoma, do mundo adulto. Não se pode esquecer, entretanto, que, com a crescente liberdade, aumentam as responsabilidades consigo, com o outro e com a sociedade.

No início da transição, enquanto ganha confiança na sua capacidade de ser independente, o adolescente apresenta grande conformidade com o grupo. Isso, em geral, se torna bastante evidente nas roupas, nos acessórios desejados, nos valores declarados, nas atitudes e nos comportamentos exibidos. Na medida em que sua autoconfiança aumenta, a conformidade diminui, e seu senso de identidade, de quem é afinal, vai se estabelecendo.

Na escola e também na vizinhança, os grupos de adolescentes, a princípio, se formam como "panelinhas", que são grupos pequenos, de 4 a 6 jovens, muito coesos e de alto nível de intimidade compartilhada. No início da adolescência, é comum as panelinhas congregarem jovens do mesmo sexo, um resquício da época da infância ou do período pré-adolescência.

Muitas vezes, as "panelinhas" se juntam para formar as turmas ou estas se formam com base em determinados padrões: das patricinhas, dos mauricinhos, dos bagunceiros, dos estudiosos etc. O importante é a identificação do adolescente com o rótulo.

A principal função das "panelinhas" e das turmas é facilitar, para o adolescente, a passagem dos relacionamentos sociais com amigos do seu próprio sexo para relacionamentos com o sexo oposto.

Só depois de experimentar suas habilidades de relacionamento dentro do grupo é que o adolescente se sentirá seguro e confiante para estabelecer o relacionamento de casal, isto é, para assumir um compromisso com outra pessoa. Mas essa já é uma outra história, que fica para os próximos capítulos.

Resumindo, a amizade é uma relação afetiva importante para o nosso próprio crescimento, e devemos investir o tempo e o esforço necessários para fazer e manter amizades ao longo da vida.

Que paixão é essa?

Lica – Eu estou tão apaixonada!

Adriana – Sinceramente, não sei o que você vê nesse cara.

Lica – Ele é o máximo! Inteligente, gentil, romântico, acredita em igualdade... Meu coração derrete todo só de ouvir a voz dele!

Adriana – Inteligente ele é, sim. Até fez você acreditar que é em nome da igualdade dos sexos que ele deixa você pagar todas as contas. Você parece uma boba quando fala dele.

Lica – Ele me faz sentir bonita, desejada, capaz das maiores loucuras. Ah, sem ele a vida não vale a pena.

Mas que paixão! Todos nós adoramos nos apaixonar, e a adolescência é a época das paixões fulminantes, em que nos entregamos totalmente aos sentimentos fortes, despertados pela primeira vez, sem parar para pensar em consequências. E como sofremos com as paixões! Como já dissemos, no início deste livro, a paixão é uma das formas do afeto chamado genericamente de amor.

Por que será que isso acontece?

A paixão amorosa, como o amor, distingue-se da amizade porque é uma relação afetiva entre iguais, que envolve a atração sexual ou erótica.

Desde a Grécia Antiga, os filósofos já consideravam a paixão um furor que vai do corpo à alma para perturbá-la com humores malignos. Traduzindo para termos mais atuais, podemos dizer que a paixão, por ser um sentimento muito forte que nos toma por inteiro, compromete parte de nossa capacidade de raciocinar logicamente. Por isso, Lica, no diálogo que inicia este capítulo, não consegue ver com objetividade a pessoa por quem está apaixonada.

Antigamente, igualava-se a paixão à loucura, à falta de controle e, por isso mesmo, os crimes passionais, cometidos em nome de um amor possessivo ou para lavar a honra, tinham penas quase simbólicas. São ainda muitos os exemplos desses crimes na nossa história recente. O que não se admite, hoje, é que a paixão justifique o crime. A tendência é que seus autores sejam punidos pela justiça.

A paixão é desejo de fusão total, de se tornar um só, uma alma, um corpo. De total identificação de sentimentos, de aspirações, de desejos. A pessoa apaixonada só enxerga o ser amado, só tem olhos para ele, e a vida tem sentido apenas em sua companhia. A paixão se alimenta da tensão entre a diferença do outro e o desejo de igualdade, que os dois sentem. A diferença, ou seja, as características únicas que tornam o ser amado diferente de mim e de todos os outros no mundo, é o que atrai, pois nos mostra novos modos de ser e de levar a vida. Mas essa mesma diferença também amedronta, pois exige que eu experimente e enfrente essas novidades, tendo que mudar de hábitos e, às vezes, até de valores. Para sentir-se seguro, então, o jovem apaixonado precisa limitar essa diferença, transformando-a em igualdade. Na verdade, o jovem está dizendo ao amado: "Não seja como você é. Seja mais parecido comigo". Porém, quando se tornam iguais, a atração deixa de existir, pois tudo já é conhecido. O ser amado perde, então, as qualidades mesmas que o faziam ímpar, único: a sua força vital livre, a sua imprevisibilidade e as suas muitas faces. E, na incerteza, a pessoa apaixonada sofre, imagina-se perdendo o ser amado e, com ele, a própria vida.

Petrarca, poeta italiano do século XIV, escreveu para Laura, sua amada, os seguintes versos:

Ó morte viva, ó mal delicioso
Como tens sobre mim tal poder se não o consinto?
Em meio a ventos tão contrários, numa frágil embarcação
Encontro-me sem leme em alto-mar.

A paixão nos faz perder a direção (o leme) e ficamos ao sabor dos ventos, isto é, dos caprichos e desejos do ser amado. Em poucas palavras, não somos mais donos de nós mesmos, perdemos a liberdade de escolha e ficamos nas mãos de outrem.

A paixão amorosa causa desordem. Altera tudo o que tínhamos como certo e seguro, até aquele momento, e nos atira em uma aventura cheia de riscos.

O casal apaixonado vive no momento presente, sem um amanhã, pois todo o prazer vem do estar na companhia um do outro. Entretanto, a paixão também cria o tempo e o espaço "sagrados": onde se encontraram pela primeira vez, onde deram o primeiro beijo, as datas comemorativas de cada um desses e de outros tantos episódios que marcam todo relacionamento.

Ao contrário da amizade, a paixão é exclusivista, é dirigida a uma pessoa que se torna insubstituível. Não dividimos o ser amado com mais ninguém. Sentimos ciúmes de qualquer pessoa com quem o(a) nosso(a) amado(a) passe algum tempo, mesmo que seja a família e os amigos preferidos. Nesses momentos, ele ou ela prefere estar com outras pessoas a estar conosco. Como sofremos com isso!

Francesco Alberoni, sociólogo italiano contemporâneo, afirma que a paixão é um contínuo cortar de laços antigos e atar laços novos. Por isso mesmo, a adolescência é o momento de transição da vida privada da família, com seus valores, comportamentos e expectativas, para o mundo público dos adultos. É uma época de romper com a infância e aderir à vida adulta, com responsabilidades, com decisões, com autonomia, enfim, é o momento de viver as grandes paixões. É o momento de se arriscar em aventuras novas, de experimentar sentimentos e desejos novos, de testar limites. Sendo assim, as paixões são mais ou menos rápidas, em um contínuo unir e separar, com muitas revelações e desilusões.

A paixão não faz parte do nosso cotidiano. É impossível levar uma vida normal, com escola, amigos, atividades enquanto estamos vivendo uma paixão. Por isso, ela é um evento extraordinário na vida, que acontece de vez em quando e nos retira da tranquilidade do mundo que é habitual.

Independentemente dos tipos de relações amorosas que estabelecemos no mundo contemporâneo, ainda sonhamos em ter uma paixão tresloucada, que remova montanhas e que nos tire do cotidiano, muitas vezes brutal, em que vivemos, especialmente nos grandes centros urbanos. A paixão amorosa se mostra como única opção de nos sentirmos vivos, palpitantes, prontos para arriscar nossas vidas em uma aventura sem fim determinado.

Os caminhos do amor

— Luciana, você nem imagina... O Dudu quer casar comigo! Olhe o anel que ele me deu, ontem!
— Não acredito! Vocês são muito jovens ainda. Estão numa fase de paixão intensa, vivendo um para o outro como se o mundo não existisse!
— O meu sonho é viver só para ele, 24 horas por dia! Estou nas nuvens!
— Esse é exatamente o problema. Vocês não estão vivendo no mundo real. Por acaso já pensaram em onde morar, como viver o dia-a-dia? Vocês dois ainda estão estudando, como vão ter dinheiro para se sustentar?

– *Ai, que horror. Você não tem nenhum romantismo!*

– *Pois é. E vocês não têm os pés no chão! É difícil manter um relacionamento e continuar amando o outro, ao longo da vida, enfrentando todo tipo de problema do dia-a-dia. Os filmes românticos terminam sempre na cerimônia de casamento, como se a felicidade estivesse garantida para todo o sempre. Manter uma relação de amor dá trabalho, sabia?*

Tem razão. Manter uma relação afetiva, de qualquer tipo, seja na família, seja com os amigos, dá trabalho, requer esforço de todas as partes. E na relação amorosa acontece a mesma coisa. A conquista, que pode terminar ou não em casamento, não significa "e foram muito felizes para sempre".

O amor nasce às vezes em continuidade a uma paixão, outras, do nada. Ao contrário da paixão que perturba nossa alma, o amor é um sentimento tranquilo de ternura, de reconhecimento das qualidades do outro e de aceitação de seu modo de ser único, inconfundível, insubstituível, inclusive suas fraquezas e defeitos. Amor é vontade de cuidar da pessoa amada, de preservá-la, é impulso de expandir-se para fora, em direção ao outro. Amor é contribuição para o mundo, é criação, deixando-se uma marca do eu que ama. Amor é estímulo a proteger, alimentar, abrigar; à carícia, ao afago, ao mimo.

Definindo mais objetivamente, o amor é uma relação eletiva de troca recíproca entre duas pessoas que se sentem sexualmente atraídas e desejam compartilhar a intimidade não só de pensamentos e sentimentos, mas também de seus corpos. É eletiva porque, embora não possamos escolher a *quem* amar, podemos sempre escolher não amar, fechando-nos a esse tipo de sentimento. Muitas pessoas fazem isso, em geral, para não sofrer, outras vezes, porque não aprenderam a amar. É recíproca porque não pode ser uma relação de mão única, em que um dá e o outro só recebe. E, finalmente, a atração sexual é o que distingue o amor da amizade. Portanto, o que, às vezes, se chama de amor platônico, isto é, sem atração sexual, é simplesmente amizade entre duas pessoas do mesmo sexo ou de sexos opostos. Por sua vez, a atração sexual, quando se apresenta isolada do afeto, não deve ser confundida com amor. Nesse caso, é um simples desejo, que leva ao sexo impessoal e casual, sem compromisso algum.

O espaço próprio para o desenvolvimento do amor é o cotidiano, é a vida real, e não imaginada. É pensar que vamos acordar juntos, todos os dias, descabelados, com bafo de leão, muitas vezes mal-humorados e com muitas obrigações para cumprir. Não é no reino do extraordinário, do conto de fadas que o amor vinga, ao contrário da paixão.

Como, então, passar da paixão, da comoção dos sentidos e da alma para esse mar de tranquilidade?

A passagem se dá por meio de provas propostas para nós e para o outro. Se conseguirmos superá-las, a comoção vai cedendo lugar às certezas, à segurança, à confiança, e o amor preencherá os espaços da vida cotidiana, com pequenos gestos de generosidade com o outro, preocupação com seu bem-estar, construção de projetos comuns.

A nossa prova consiste em saber se estamos mesmo apaixonados ou se podemos acabar com a relação. É a própria força de nossa paixão que nos faz resistir e acreditar que podemos sair da situação de perturbação, de incerteza e ter um pouco de tranquilidade. Voltar à normalidade é uma necessidade no meio do turbilhão de sentimentos que experimentamos. Entretanto, bastam horas de separação, ou poucos dias, para que a paixão renasça e, com ela, o encantamento e a necessidade de estar com o outro. Isso é sinal de que os sentimentos são verdadeiros.

A prova do outro pode ser chamada de reciprocidade. Já que nós reorganizamos a nossa vida em função do outro, queremos saber se ele faz a sua parte, se somos o centro de seus interesses. É um momento de muitas renúncias de ambos os lados para que, além do *eu e você* individuais, possa começar a existir o *nós*. Em outras palavras, ambos querem incorporar um futuro compartilhado aos presentes individuais, parcialmente compartilhados. É claro, porém, que há algumas coisas das quais não podemos abrir mão sem deixar de ser a pessoa que somos: esses são os pontos de não-retorno, são nossos limites pessoais que o outro terá de aceitar, do mesmo modo que nós aceitamos os limites e projetos pessoais do ser amado. O importante é frisar que as renúncias não podem ser unilaterais ou a relação ficará desequilibrada e só o bem de um estará sendo atendido. Ambos precisam querer o bem do outro, além do seu próprio bem.

O amor é o compromisso intencionalmente duradouro e indefinido com o bem-estar do parceiro. Segundo Zygmunt Bauman, sociólogo polonês contemporâneo, "onde há dois não há certeza". Quer dizer: eu posso decidir o que quero para mim, mas não posso saber o que o outro vai decidir a cada momento, porque devo reconhecê-lo como ser livre, plenamente independente e soberano, e não como uma extensão ou eco de mim mesmo. Essa liberdade, ao mesmo tempo que atrai e seduz, também amedronta. Afinal, o(a) meu(minha) escolhido(a) pode, com o passar do tempo, não mais me escolher para ser o seu(sua) parceiro(a).

Mas, se vencermos essas provas, estaremos prontos para investir na relação amorosa, sentindo-nos seguros de que o ombro amigo, a companhia, o socorro, o apoio, o consolo na derrota e o aplauso na vitória estarão lá, quando necessários. Se, ao contrário, um dos dois não conseguir superá-las, o relacionamento não terá futuro, mesmo que haja amor de um dos lados.

Voltando à questão que iniciou este capítulo – o esforço envolvido em manter viva uma relação, mesmo quando o amor é compartilhado –, precisamos lembrar que, ao longo da vida, nós mudamos porque amadurecemos e crescemos com as inúmeras experiências que vivemos. Por isso, é necessária muita atenção para podermos refazer projetos que acomodem as mudanças de curso de qualquer um dos parceiros. Quando, entretanto, alimentamos ressentimentos e as renúncias se tornam por demais pesadas, é hora de seguir caminhos diferentes, antes que o amor seja substituído pelo ódio.

Atualmente, se observarmos bem, os relacionamentos amorosos podem se dar de diversas maneiras. O resultado poderá ser apenas uma aventura ou um belo caso de amor.

O "ficar"

Vamos começar a discussão por algo que não é um relacionamento: o *ficar*, pela frequência com que esse comportamento se apresenta hoje e não só entre adolescentes.

Ficar é a própria negação de qualquer tipo de compromisso. Ficamos com alguém uma tarde, noite ou um fim de semana, ou pouco mais do que isso. Nesse tipo de comportamento, o sentimento não entra. Na verdade, usamos o outro para fazer experiências de sedução: beijos, amassos e, até mesmo, sexo. Testamos nossas habilidades nessas áreas e experimentamos sensações e emoções, na maior parte das vezes agradáveis, prazerosas, sem ter de nos comprometer a cuidar do outro, a estar lá quando ele ou ela precisar de nós. Muito pelo contrário, nossa atenção se concentra na satisfação que o outro pode nos dar. Talvez, se pensarmos, não seja muito diferente da prostituição; em vez de dar e receber dinheiro, deixamos o outro também fazer suas experiências conosco.

O "ficar" só pode aparecer em uma sociedade de consumo, na qual vivemos hoje, pois o parceiro torna-se um objeto descartável: usamos e jogamos fora.

Namoro virtual

Vamos considerar uma outra invenção atual: os *relacionamentos virtuais*. O namoro pela internet não leva ao estabelecimento de laços afetivos porque na rede podemos separar a comunicação do relacionamento afetivo. Estar conectado é menos custoso do que estar envolvido com alguém na vida real, no cotidiano, e menos produtivo em termos de construção e manutenção de vínculos.

Por que isso acontece?

Porque podemos namorar sem consequências para a nossa vida, uma vez que não é preciso mudar para acomodar o outro nem negociar os impasses, as dificuldades. É um namoro seguro, pois não precisamos ir além do desejado. Responder ou não às mensagens depende só de nós. Podemos, igualmente, apagar as mensagens que não nos agradam ou nos perturbam de alguma forma. E terminamos o namoro quando desejamos, instantaneamente, sem confusão, sem remorsos, sem ouvir reclamações ou pedidos de explicação. Namoro pela internet é diversão, é atividade recreativa e não requer habilidades sociais, uma vez que as pessoas que assim namoram raramente se encontram. Tudo não passa de um grande jogo. O namoro pela internet não exige a trabalhosa negociação de compromissos mútuos.

O namoro de verdade

Quando, entretanto, o desejo e a paixão caminham em direção ao compromisso amoroso, o primeiro passo é *namorar*. O namoro é um relacionamento mais duradouro e exclusivo entre duas pessoas livres, que se sentem atraídas, física e intelectualmente, e que tenham um certo grau de afinidade. O propósito do namoro é aprofundar a intimidade e o conhecimento mútuo. O tempo compartilhado pelo casal é usado para conversar sobre sua visão de mundo, sonhos, esperanças, sentimentos, dores e alegrias. É um tempo mágico de construção de áreas comuns, em que o parceiro e a parceira ainda não são totalmente conhecidos. Daí vem a necessidade de entregar, um ao outro, a chave de seu próprio mundo racional e emocional. Cada um conta a sua história, como a vê e sente.

O período de namoro é o tempo também de se conhecer por meio do toque, da carícia, dos cheiros e dos sons, ou seja, das sensações ligadas à ternura e ao prazer e não unicamente à sensualidade. É preciso aprender sobre o que o outro gosta, até onde se pode ir nessa exploração de sensações novas, respeitando as possibilidades e os limites de cada um, pois, como já dissemos, onde há dois, não há certezas.

É também uma oportunidade para o autoconhecimento: o que esperamos? O que damos? Quais os nossos limites? Como aceitamos o outro? Como somos aceitos? Como nos vemos através do olhar do outro? Podemos nos mostrar como somos, com fragilidades e pontos fortes, ou devemos "fazer um papel" fingindo ser de outro jeito?

Ao responder essas e outras perguntas, o namoro pode terminar se verificarmos que os projetos são mesmo muito diferentes ou que os dois lados não são igualmente felizes. Ou, se as respostas satisfizerem os dois, o namoro pode seguir seu curso para um comprometimento maior.

Enfim, o compromisso

Até os anos 1960, o namoro firme levava ao noivado e, em seguida, ao casamento.

O noivado era o momento de preparação para o casamento. À família da noiva cabia providenciar o enxoval, os convites e planejar a festa. O noivo devia comprar os móveis e montar a casa onde iriam morar.

Tudo muito bem planejado e dentro das posses de cada um. Os papéis eram bem definidos e assimétricos, uma vez que, ao se casar, a mulher passava para a tutela do marido, precisando de seu consentimento até para trabalhar fora. O marido era o provedor, e a mulher cuidava da casa, zelando pelo bem-estar de todos, e da educação dos filhos.

O casamento ainda era a grande realização da mulher, seu projeto de vida, que ainda se reflete tanto na literatura romântica quanto nas novelas. Todos os esforços devem levar ao altar, pois não casar, ficar "solteirona" era uma vergonha, naquela época. Já para os rapazes, casar não era uma exigência, era apenas desejável.

Hoje, as pessoas – jovens e adultos – podem escolher outros arranjos como namorar indefinidamente, morar juntos sem casar oficialmente ou casar. O casamento é uma das opções e é fruto de uma escolha tanto para os homens quanto para as mulheres, que sempre podem ficar solteiras por escolha consciente. A condição de solteira, hoje, não impede a autorrealização na profissão, nos relacionamentos e na constituição de famílias, com filhos.

Na manutenção de um relacionamento estável, de qualquer tipo, entretanto, é importante que o casal construa uma relação afetiva sólida, de confiança e respeito mútuos, generosa, em que cada um procure o bem do outro tanto quanto o seu próprio, com a consciência das renúncias necessárias de ambos os lados para manter o compromisso.

As relações amorosas estáveis exigem uma volta ao mundo real, ao mundo em que se vive e não o da fantasia. Amar é um ato – decidido, escolhido – e implica muitos atos presentes e futuros, pequenos e grandes, em função do compromisso assumido. Não bastam as palavras e as juras, é preciso torná-las ação efetiva, no cotidiano.

Considerações finais

As relações afetivas fazem parte do processo de nos tornar humanos.

Desde o nascimento, precisamos de afeto para sobreviver e para que desenvolvamos nosso potencial emocional, cognitivo e moral.

Os relacionamentos afetivos se desenvolvem sempre dentro de um contexto social: a família, o grupo de amigos, a escola, a rua, a cidade, tendo contornos bastante definidos em cada uma dessas situações.

Fundamentalmente, eles são relacionamentos de compartilhamento de alegrias, tristezas, vitórias, fracassos. É por meio deles que aprendemos a não olhar somente para o próprio umbigo, para nossas necessidades e satisfações, mas para o outro, suas necessidades, carências e força. Aprendemos a ser leais, companheiros, solidários, generosos. A olhar o mundo de muitas perspectivas diferentes, a aprender a contribuir para o bem-estar dos outros e nos sentirmos enriquecidos por participar das realizações e do esforço conjunto de tantas pessoas.

Relações afetivas precisam ser continuamente trabalhadas, cuidadas. Elas não florescem no vazio e não permanecem inalteradas por períodos de tempo. Elas são dinâmicas e vão sendo adaptadas às várias fases da vida, às necessidades de cada um dos envolvidos. É importante saber reconhecer o momento de fazer essas adaptações, por meio do diálogo franco e livre de medo.

Mesmo as relações familiares mudam à medida que crescemos e amadurecemos. Eu me lembro bem do susto que levei na primeira vez em que meu filho pagou um jantar para mim. Até aquele momento, eu me via como "a provedora" e ele como meu dependente. De repente, ele se apresentava como um homem economicamente independente, que oferecia não só um jantar e uma ocasião de estarmos juntos conversando, mas uma relação de igualdade. Tive de reaprender o meu papel de mãe.

O mesmo acontece com as relações de amizade, paixão, amor. Todas elas nos enriquecem, oferecem oportunidades para que reflitamos sobre nossos valores, nossos comportamentos e nosso modo de estar no mundo. Todas são experiências maravilhosas, embora algumas vezes sofridas, de crescimento, para aprendermos a ser cada vez mais humanos, mais sensíveis, mais capazes de dar e receber afeto.

A autora

Nasci em meados do século passado! Parece que faz muito tempo, não é? Mas a vida passa mais rápido do que gostaríamos.

Comecei a estudar aos seis anos e não parei até hoje porque tenho uma enorme curiosidade a respeito do mundo, da vida, das outras pessoas.

Morei em muitos lugares do Brasil e do exterior. Com isso, conheci muitas culturas e muitas pessoas interessantes.

Formei-me em filosofia, estudei história da arte, teatro, cinema, culturas diversas, línguas estrangeiras. Dei aula de história da arte, inglês e filosofia para alunos do Ensino Fundamental e do Ensino Médio em muitas escolas de São Paulo.

Na Universidade de São Paulo trabalhei com alunos dos cursos de teatro, música, cinema, jornalismo, publicidade, turismo e biblioteconomia. Cada um desses alunos contribuiu de maneira única e importante para os livros que escrevo e para o trabalho que desenvolvo junto a museus, secretarias de cultura, organizações comunitárias e escolas.

Gosto de escrever com minha amiga e parceira Maria Lúcia de Arruda Aranha porque trocamos figurinhas e com suas sugestões ela me ajuda a pensar e a fazer um trabalho mais rico.

Sou casada com um cientista, tenho dois filhos adultos incríveis e dois netos maravilhosos que enchem meus olhos de alegria e minha boca de risos.

Bibliografia

ALBERONI, F. *L'amicizia*. Milão: Garzanti, 1990.

_____ *Innamoramento e amore*. Milão: Garzanti, 1990.

BAUMAN, Zygmunt. *Amor líquido*. Sobre a fragilidade dos laços humanos. Rio de Janeiro: Jorge Zahar, 2004.

BEE, Helen. *A criança em desenvolvimento*. Porto Alegre: Artes Médicas, 1996.

CONCHE, Michel. *A análise do amor*. São Paulo: Martins Fontes, 1998.

PRIORE, Mary Del. *A história do amor no Brasil*. São Paulo: Contexto, 2005.

RUFO, Marcel. *Irmãos. Como entender essa relação*. Rio de Janeiro: Nova Fronteira, 2003. Com a colaboração de Christine Schilte.

ROUGEMONT, Dennis. *História do amor no Ocidente*. São Paulo: Ediouro, 2003.